EMPEZANDO

LOS CAMIONES MONSTRUO

MEG GREVE

CREATIVE EDUCATION • CREATIVE PAPERBACKS

ÍND

ICE

VEO UN CAMIÓN MONSTRUO.

No son monstruos de verdad.
¡Son camiones monstruo!

Rugen, ruedan y dan vueltas en el aire.

GRAVE DIGGER
BKT
Holley
KING
SIMPSON
OPTIMA
Coan
K&N
LINCOLN WELDERS
MAX-D
DENNIS ANDERSON

Grave Digger enciende su motor. Salta en el aire. ¡La multitud vitorea!

Bigfoot salta. Bigfoot aplasta.
Bigfoot va veloz por la pista.
¡Nada puede detenerlo!

Los camiones monstruo pesan más de 10,000 libras (4,500 kilogramos).

Tranquilo, el conductor está seguro.

Los conductores se ponen el cinturón. Usan un casco. Una barra antivuelco en el camión los protege.

HAZ UN SONIDO

¡RÚN

¡RÚNN!

¿Puedes imitar los sonidos de un camión monstruo?

Escucha estos sonidos:

https://www.youtube.com/watch?v=nvDAql69-WA

¡Ahora te toca a ti!

PALABRAS DE CAMIONES MONSTRUO

barra antivuelco: Un sólido marco de metal que rodea a un camión para proteger al conductor.

motor: La parte del camión que usa energía para hacer que una máquina se mueva.

pista: El camino que debe seguirse en una competencia.

ÍNDICE ALFABÉTICO

PUBLISHED BY CREATIVE EDUCATION AND CREATIVE PAPERBACKS
P.O. Box 227, Mankato, Minnesota 56002
Creative Education and Creative Paperbacks are imprints of The Creative Company
www.thecreativecompany.us

LIBRARY OF CONGRESS CATALOGING-IN-PUBLICATION DATA
Names: Greve, Meg, author.
Title: Los camiones monstruo / by Meg Greve.
Other titles: Monster trucks. Spanish
Description: Mankato, Minnesota : Creative Education and Creative Paperbacks, [2025] | Series: Empezando | Includes index. | Audience: Ages 4-7 | Audience: Grades K-1 | Summary: "Monster trucks will introduce budding book learners to a noisy, colorful world with this new Starting Out title, in American Spanish. Colorful photos, labeled diagrams, 'Make a Noise' section, glossary, and more ignite a passion for learning"-- Provided by publisher.
Identifiers: LCCN 2024002885 (print) | LCCN 2024002886 (ebook) | ISBN 9798889894513 (library binding) | ISBN 9781682777015 (paperback) | ISBN 9798889894636 (ebook)
Subjects: LCSH: Monster trucks--Juvenile literature. | CYAC: Monster trucks. | LCGFT: Instructional and educational works.
Classification: LCC TL230.15 .G744518 2025 (print) | LCC TL230.15 (ebook) | DDC 629.223/2--dc23/eng/20240205
LC record available at https://lccn.loc.gov/2024002885
LC ebook record available at https://lccn.loc.gov/2024002886

DESIGN AND PRODUCTION
Design by Rhea Magaro and Jennifer Bowers
Production by Beeline Media and Design
Art direction by Tom Morgan
Translation to Spanish by Base Tres
Printed in the United States of America

PHOTOGRAPHS by Alamy (Peter de Clercq, Gary Mather, ZUMA Press, Michael Doolittle), Dreamstime (Alterfalter), Getty Images (StanRohrer), Shutterstock (freestore 839, Nigel Jarvis, Nerthuz, BW Press, Bohbeh, anan sukprakon, Ahriam12)